INHALT

Notfall-Essen

Einfach in der Mikrowelle aufwärmen!

Der Geschmack
✿ von Glück ✿

IST DOCH NUR, WEIL DIESER GESCHMACK-LOSE IDIOT VON REPORTER IMMER SO SPÄT NACH HAUSE KOMMT UND YOSHIRO ALLEINE ESSEN MUSS ...

DU STEHST IMMER AUF DIE, DIE SCHON VERGEBEN SIND ...

W... WER SAGT, DASS ICH TRAURIG BIN?!

NICHT TRAURIG SEIN!

DAS NÄCHSTE MAL WIEDER.

ZUM MITTAG-ESSEN KOMMT ER AUCH NICHT MEHR VORBEI.

WER SAGT, DASS DAS AUCH FÜR KERLE GILT?!

OKAY ...

ABER DANN ...

ICH HATTE SCHON AUFGE-GEBEN, JEMALS MEIN GLÜCK ZU FINDEN. ES IST NUN MAL NICHT SO EINFACH.

ICH LIEBE SCHON IMMER NUR MÄNNER.

HURRA, ENDLICH SIND WIR WIEDER DA!

GERADE NOCH RECHT-ZEITIG!

G...

SO, LEUTE, JETZT ALLE ZUSAMMEN!

MEIN RETTER ... MEIN LIEBSTER ...

... HAT ER ...

... MEIN LEBEN VERÄNDERT.

HI HI

ER IST EIN BISSCHEN NERVÖS.

AUCH HEUTE GUCKEN WIR WIEDER BEI EUCH IN DIE TÖPFE!

VON HEUTE AN MIT DER ULTIMATIVEN ASSISTENTIN AN MEINER SEITE!

ES IST IHR ERSTER AUFTRITT IM FERNSEHEN, ...

... ALSO SAGEN WIR MAL HALLO!

ICH BIN ABS-REPORTER SHOGO WAKI!

IHRE EIGENE KOCHSCHÜRZEN-LINIE „BOYFRIEND PURIFICATION" WAR SOFORT AUSVERKAUFT, DIE VORBESTELLUN-GEN SCHLAGEN ALLE REKORDE!

DER NEUE STAR AM GOURMET-HIMMEL, EINE SCHÖNHEIT OHNEGLEICHEN ...

DIE ZAHL IHRER FOLLOWER IN DEN SOZIALEN MEDIEN ÜBERSCHREITET BEREITS DIE FÜNF-MILLIONEN-MARKE!

ANMUTIG UND UNVERGLEICHLICH WAGEMUTIG ZUGLEICH HAT SIE MIT IHREM SPEED-COOKING GROSSE AUFMERKSAMKEIT ERREGT.

ALSO, ES KANN LOSGEHEN MIT ...

... WAKI UND UKIE UND ...

HALLO, ICH BIN UKIE! ♡

WUPP

... PÄRCHEN-GOURMET-SHOW! ♡

... WAKI-UKIS ...

IMMER WENN ER FRIKADELLEN ISST, STRAHLT ER NOCH MEHR ALS SONST WIE EIN KLEINKIND ÜBERS GANZE GESICHT.

IN DIESER HISTORISCHEN ERSTEN FOLGE SCHNEIEN WIR BEI EINEM PÄRCHEN ZUM ABENDESSEN HEREIN, DAS SEIT DREI JAHREN ZUSAMMENWOHNT!

AH, SIND DAS FRIKADELLEN?!

FÜTTERN SIE IHREN SCHATZ DAMIT?

6

... ABER ...

PLING!

WIR WERDEN UNS EINE WEILE NICHT SEHEN, ...

Danke für das leckere Essen!

SHOGO IST SO IM STRESS, WIR HABEN NUR NOCH SELTEN GELEGENHEIT, ZUSAMMEN ZU ESSEN, ABER ...

Shogo

Schönen Feierabend! Es wird heute wieder spät, iss bitte schon mal ohne mich!

Die Lunchbox war heute megalecker!

Die Beilage war gebratenes Schweine- fleisch mit Ingwer, stimmt's?!

Yoshi
@YsYsxxxxx

Lunchbox-Album

Yoshi @YsYsxxxxx

Heutige Lunchbox für meinen Liebsten

20:03 2019/**/**

... ER SCHICKT MIR JEDEN TAG EIN FOTO VON DER LEEREN LUNCHBOX ALS BE-WEIS, DASS ER MEIN SELBST GEKOCHTES ESSEN RATZEPUTZ AUFGEGESSEN HAT, UND DAS FREUT MICH.

UM DIESE FREUDE ZU DOKUMEN-TIEREN, ...

... HABE ICH HEIMLICH DAMIT ANGEFAN-GEN.

SST

WARUM WERDE ICH IMMER SO NERVÖS, WENN ICH DAS FOTO HOCHLADE ...

BDUM
BDUM
BDUM
BDUM

HAT ES GEKLAPPT?

BLUSH

SORRY, DASS ICH DAS EINFACH POSTE ...

WUPP

!

WARUM HÄLTST DU DEIN SMARTPHONE DENN SO FEST UMKLAMMERT, YOSHIRO?

FNUPP

DU HAST MIR DOCH GESCHRIEBEN, ES WIRD SPÄT ...

SH... SHOGO, DU BIST ZURÜCK?!

Er ist es, live und in Farbe!

DOMP

ES ... GIBT DA ETWAS, DAS ICH DIR SAGEN MUSS, YOSHIRO ...

WEISST DU, ICH ...

GRL

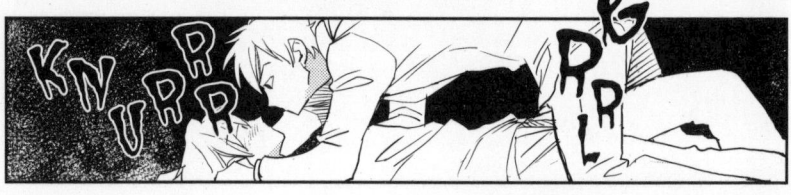

KNURRR

PGRLL

ESSEN WIR DOCH ERST MAL WAS.

...!

BLUSH

AH!

HA

NIEDLICH!

OKAY ...

ÄHM ... ENTSCHULDIGEN SIE BITTE ...

WIE KONNTE ICH NUR VERGESSEN, DIE ZUTATEN FÜR DIE LUNCHBOX MORGEN EINZUKAUFEN?!

RSCHL

RSCHL

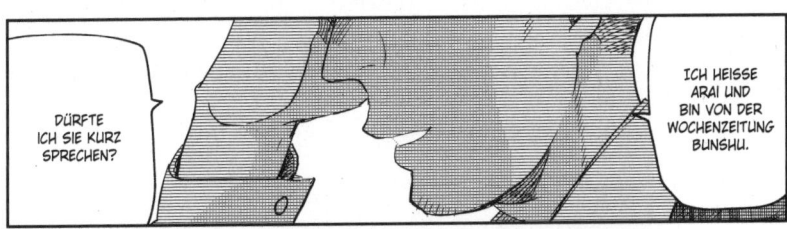

DÜRFTE ICH SIE KURZ SPRECHEN?

ICH HEISSE ARAI UND BIN VON DER WOCHENZEITUNG BUNSHU.

SIE WOHNEN DOCH HIER ZUSAMMEN MIT DEM ABS-REPORTER WAKI, ODER?

ES IST SO, MORGEN ERSCHEINT EIN ARTIKEL ÜBER IHN IN UNSERER ZEITUNG,

...

... WISSEN SIE VIELLEICHT ETWAS ÜBER DIE ANGELEGENHEIT?

Der beliebte Reporter

Shogo Waki

Heimliches Date mit der schönen Gourmet-Expertin?!

Seine Assistentin in der neuen Gourmet-Show

Sie wurden beim Verlassen eines japanischen Gourmet-Restaurants gesehen und sind zusammen in einen Supermarkt gegangen ...

... GEHT DER ABS-REPORTER WAKI DURCH DIE NÄCHTLICHEN STRASSEN ...«

»EINEN ARM UM DIE HÜFTE DER OFFEN-SICHTLICH ANGEHEITER-TEN UKIE GELEGT, ...

HA

WENN ER DOCH SCHWU...

HAST DU MIT SHOGO GESPRO-CHEN?

PATSCH

JA, GES-TERN ABEND.

NUR WIEDER SO EIN GERÜCHT. SIE WAREN ALS KOLLEGEN EINEN TRINKEN, MEHR NICHT.

DA IST NICHTS DRAN!

TAGUCHI IST EIN HEIMLICHER FAN VON UKIE, STIMMT'S?

DIESER GESCHMACK-LOSE IDIOT, WAS FÄLLT DEM EIN?!

ER FOLGT IHREM ACCOUNT.

UND WIESO TRIFFT ER SICH MIT EINER FRAU?!

12

UND NATÜRLICH KANNST DU IHR EINFACH SAGEN, ICH WÄRE EIN FREUND ...

KLAPPER

MH!

MH, HE!

KÜSS

LASS UNS DA WEITER-MACHEN, WO WIR VORHIN ...

SLPP

HAH

SHOGO ...

WAR DAS NUR EIN AB-LENKUNGS-MANÖVER?

DAS LETZTE MAL IST EINE WEILE HER, DESHALB HAB ICH MICH SO GEHEN LASSEN, ...

ICH LIEBE DICH, ...

... YOSHIRO ...

BLUSH

... ABER SHOGO WAR IRGENDWIE GAR NICHT ER SELBST.

NA, DER KERL ISST NEUERDINGS LIEBER MIT LIKIE ALS MIT DIR.

WAS?

HEY ... SICHER ALLES OKAY, BEI DIR?

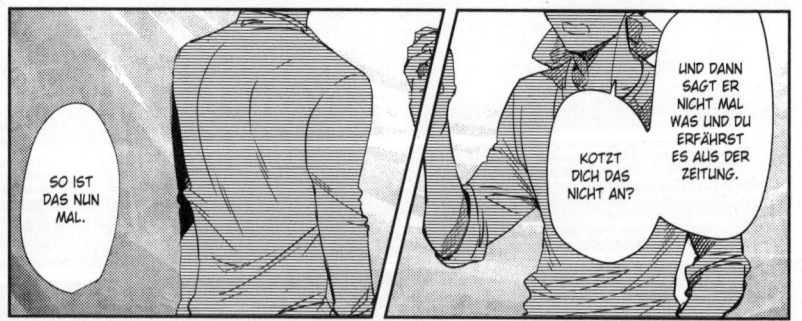

SO IST DAS NUN MAL.

KOTZT DICH DAS NICHT AN?

UND DANN SAGT ER NICHT MAL WAS UND DU ERFÄHRST ES AUS DER ZEITUNG.

...!

ICH WUSSTE VON ANFANG AN, DASS ER IN EINER KOMPLETT ANDEREN WELT LEBT.

AUF SO WAS WAR ICH GEFASST.

DIESELBE NACHRICHT WIE IMMER?

AH ... VON SHOGO ...

PLING

UH

JA.

SOLANGE ER DAS TUT, IST FÜR MICH ALLES GUT.

Shogo

Deine Frikadellen sind die besten auf der ganzen Welt! Danke für das leckere Essen!

12:15

12:16

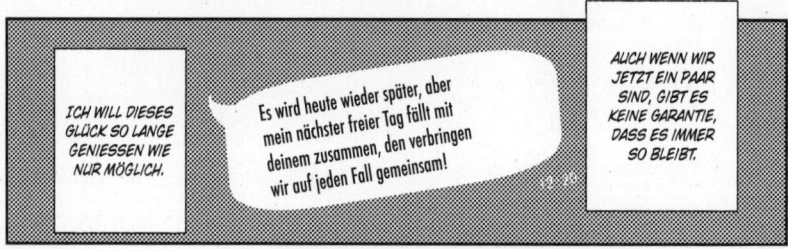

ICH WILL DIESES GLÜCK SO LANGE GENIESSEN WIE NUR MÖGLICH.

Es wird heute wieder später, aber mein nächster freier Tag fällt mit deinem zusammen, den verbringen wir auf jeden Fall gemeinsam!

AUCH WENN WIR JETZT EIN PAAR SIND, GIBT ES KEINE GARANTIE, DASS ES IMMER SO BLEIBT.

Yoshi
@YsYsxxxxx

Lunchbox-Album

ICH WILL DEM MENSCHEN, DER MIR DER LIEBSTE AUF DER WELT IST, NICHT ZUR LAST FALLEN.

DESHALB WERDE ICH KEINE NEGATIVEN GEFÜHLE ZULASSEN.

19.10 2019/**/**

HERR WAKI KOMMT HEUTE ALSO WIEDER NICHT NACH HAUSE, JA?

GUTEN ABEND!

ER IST SCHON WIEDER BEI EINEM DATE.

UM WELCHE UHRZEIT KOMMT ER DENN NORMALERWEISE HEIM?

ENT-SCHULDI-GEN SIE MICH!

ICH SAGTE IHNEN GESTERN SCHON, HERR WAKI IST NUR MEIN MITBEWOH-NER. ÜBER SEIN PRIVATLEBEN WEISS ICH NICHTS!

ABER SIE HABEN DA ORDENT-LICH EINKÄUFE IN IHREN TÜTEN.

HABEN SIE EINE PARTY GEPLANT?

WARTEN SIE BITTE, ...

... „YOSHIRO".

ER HAT HINTERHER ZWAR ABGESTRITTEN, DASS ER IN EINER BEZIEHUNG IST, ...

BEI EINER LIVE-SENDUNG HAT HERR WAKI EINE LIEBES-BOTSCHAFT AN EINE GEWISSE PERSON NAMENS „YOSHIRO" VERKÜNDET.

ES GAB DA DOCH VOR EINIGER ZEIT GEREDE, NICHT WAHR?

... ABER KÖNNTE ES SEIN ...

P T A M

TSCHAEK

DU MACHST DAS SCHON, WAKI! ♡

KLIRR KLIRR

ZISSSCH

ALS NÄCHSTES WERFEN WIR UNSEREM SCHATZ DEN GEFRIER-BEUTEL WIE EINEN BALL ZU, IN DEM WIR VORHER DIE ZUTATEN MARINIERT HABEN.

TSCHAECK
TSCHAECK
TSCHAECK

GYAH

ICH WEISS ZWAR NICHT GENAU, WAS ICH DA MACHE, ABER DANN FANG DU DEN BALL AUCH MIT LIEBE!

TSCHUCK
TSCHUCK

ZISSSCH

WAAAS?!

SOLL ICH MIR DEN SELBST ZUWERFEN, ODER WIE?!

UND LOS, WAKI! ♡

GYAH

HA
HA
HA
HA

22

Wäh !!

ICH HAB VIEL ZU VIEL GE-KOCHT.

DANN WÜRDE ICH AM LIEBSTEN WEGLAUFEN, BEVOR MEIN GLÜCK ZER-BRICHT.

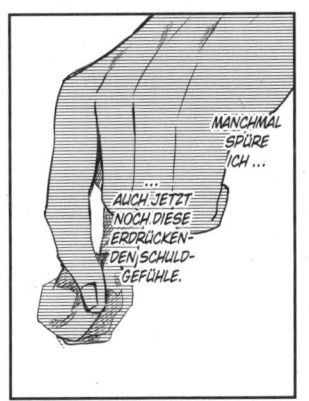

MANCHMAL SPÜRE ICH ...

... AUCH JETZT NOCH DIESE ERDRÜCKEN-DEN SCHULD-GEFÜHLE.

SCHMECKT ...
KOMISCH.

SHOGO WIRD
JEDENFALLS
NICHTS ...

... VON MEINEN
EGOISTISCHEN
GEFÜHLEN
ERFAHREN.

Ich war heute etwas down und hab viel zu
viel gekocht. Und dann auch noch die
Gewürze vergessen, alles nichts geworden,
tut mir leid.

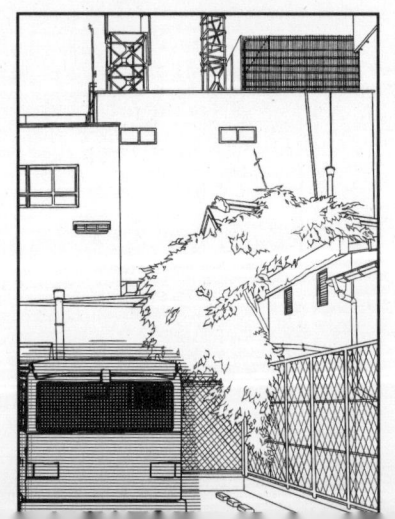

WAS
MACH ICH DA
EIGENTLICH?

HAAH

DAS SCHMECKT ANDERS ALS SONST ...

GULP

DAS HABE ICH NUR YOSHIRO ZU VERDAN-KEN!

ICH MUSS GLEICH DAS BEWEISFOTO MIT DER LEEREN LUNCHBOX SCHICKEN.

WIE WILLST DU ALS GESCHMACKS-ANALPHABET DAS BEUR-TEILEN?

MEINE GESCHMACKS-NERVEN SIND INZWISCHEN SCHON VIEL BESSER GE-SCHULT!

WER IST DENN YOSHIRO?

MACHT EUCH BITTE LANGSAM BEREIT!

OKAY! KOMME SOFORT!

UND WARUM FOTOGRAFIERST DU DIE LEERE LUNCHBOX?

D... DAS IST SO EINE ART ...

... TÄG-LICHES RITUAL ...

WER HAT IHM DIE WOHL ZUBEREITET?

SO EINE GROSSE LUNCH-BOX.

OKAY!

ICH FRAG IHN!

ÖRGS ...

DER KOMMT AUCH?!

MORGEN IST JA FREI, GEHEN WIR WAS TRINKEN!

MUSS AUCH MAL SEIN!

HM ... SHOGO WOLLTE HEUTE FRÜHER NACH HAUSE KOMMEN ...

DANN SAG IHM, ER SOLL AUCH KOMMEN!

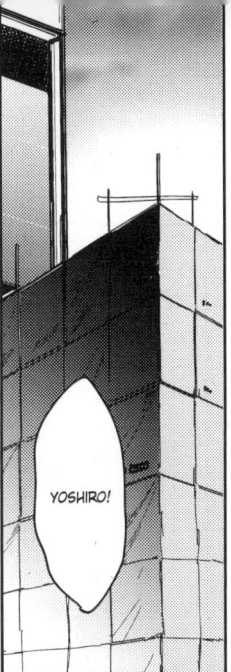

YOSHIRO!

MICH KOTZT DAS ECHT SO AN ...

WEIL DER GAR NICHT STREITEN KANN!

... ABER WENIGS- TENS HABEN SIE KEINEN STREIT, WIE'S AUSSIEHT.

ER WAR HEUTE ECHT NICHT GUT DRAUF, ...

HMPF ...

keine neuen Nachrichten

NOCH KEINE NACHRICHT VON IHM HEUTE?

ACH, WAS WEISS ICH!

WAS REGT DICH DENN SO AUF, TAGUCHI?

WIE KANN DAS SEIN?

OH!

HAH

N... NEIN ...

HEUTE KEIN LUNCHBOX-FOTO VON SHOGO?

VIRAL?

?

ER HAT GEGES-SEN.

IST JA NICHT SO, DASS ES EIN MUSS WÄRE ...

FWUPP

GEHT STEIL VIRAL.

VIELLEICHT HATTE ER KEINE ZEIT ZU ESSEN ...

MH.

NEIN.

28

Gourmet-Expertin UKIE @UKIUKIxxx

Schnappschuss von Wakis Lunchbox!
Die ist so riesig ... ♡♡♡
Die musste ich euch mal zeigen!
#allesaufgegessen #wakiukispärchengourmetshow

DIESE
LUNCHBOX
...

💬 102   🔁 10.000   ⭐ 8.300

HÄ?

„WAKI HAT
ES SO GUT!
ICH WÜSSTE
GERNE, WAS
DRIN WAR!"

„DANN IST ES
WAHR, DASS
IHR EIN PAAR
SEID?!"

„HAST DU IHM
ETWA EINE
LUNCHBOX
ZUBEREITET,
UKIE?!"

WAS?

WAS
SOLL DER
SCHEISS,
ICH WILL
DOCH NUR,
DASS ES
YOSHIRO
GUT
GEHT!

HÄÄÄ
?!

MOBBING
IST ECHT
MIES!

HM?!

WARUM
MACHST
DU DAS,
TAGUCHI?

GEHEN
WIR.

29

ICH HAB ECHT BOCK, ...

... MICH ZU BESAUFEN.

Was?!

WIESO ZU MIR?!

WIESO NICHT? DU WOHNST UM DIE ECKE.

OKAY, DANN GEHEN WIR ZU TAGUCHI!

ICH KOMME MORGEN DEFINITIV NICHT! UND TSCHÜSS!

TRAP

DANN MAL SCHÖNEN FEIERABEND!

WARTE, SHOGO!

Aha?

ICH MUSS HEUTE DIREKT NACH HAUSE!

Sorry!

FUUPP

DANN KANNST DU MEINE NEUESTEN KREATIONEN TESTEN!

WENN DU MORGEN FREI HAST, KOMM DOCH NOCH MIT ZU MIR ... ZUM ESSEN!

Beim ...

... Vor-namen?

ICH HAB VORHIN DEINE LUNCHBOX GEPOSTET UND JETZT GEHT DAS FOTO VIRAL!

ACH JE. DU HAST DOCH HOFFENTLICH NICHT STRESS WEGEN DES POSTINGS?

DAS TÄTE MIR LEID.

WAS TÄTE DIR LEID?

TRAD

ABER
...

BITTE
LÖSCH DAS
SOFORT!

ICH HAB
YOSHIRO HEUTE
NICHT DANKE
GESAGT FÜR DIE
LUNCHBOX!

HA

DAS
BRINGT UNS
BESTIMMT
GANZ VIEL
AUFMERK-
SAMKEIT!

...
WIRKT DAS
DOCH ERST
RECHT VER-
DÄCHTIG!

...
WENN
ICH ES
LÖSCHE,
...

DO

DANKE
FÜR DAS
LECKERE
ESSEN
HEUTE!

YOSHIRO!

OOM

WAMM

ICH HAB VÖLLIG VER-SCHWITZT, DIR ZU SCHREIBEN!

ES WAR WIEDER SUPER-LECKER HEUTE!

... HAST DU WAS AN DER WÜRZUNG VERÄN-DERT?!

UND SAG MAL, ...

NANU?

ZOOOM

UND WAS IST MIT DIR, YOSHIRO?

Ich hau auch ab!

UND ICH HAB MORGEN EIN DATE.

RUCK

ICH GEH DANN MAL HEIM.

HAB MORGEN FRÜH-SCHICHT.

MH ...

EIN DATE?

Hiergeblieben!

OH, NA DANN!

34

UND ICH WILL NICHT, DASS ER MICH SO SIEHT.

BLINK

OKAY, DANN ...

Der Geschmack von Glück
Notfall-Essen
Einfach in der Mikrowelle aufwärmen!
KNURRRRRRR
DAS IST JETZT WIRKLICH ...
... EIN NOTFALL.
DAS HATTE ICH SCHON LANGE NICHT MEHR.
EGAL WIE SPÄT ICH NACH HAUSE KOMME, NORMALERWEISE WARTET YOSHIRO DOCH IMMER AUF MICH.
WNNN
VIELLEICHT MUSSTE ER DRINGEND IRGENDWOHIN?
WNNN
ABER WARUM HAB ICH DANN SO EINE KOMISCHE VORAHNUNG?
RAKTER

REDET DER WIRR IM SUFF?

HÄ?! BEI SOCIAL MEDIA?!

DU?!

ICH POSTE ES.

WARUM FOTOGRAFIERST DU DAS?

HE HE ...

?

...

JA! ECHT!

ICH WUNDERE MICH JA SELBST ÜBER MICH!

SO WAS?!

DUUU?!

GRÜBEL

KANN SEIN, JA.

... DU HAST DICH ECHT VERÄNDERT.

FRÜHER ... WARST DU NICHT SO EXTROVERTIERT.

ICH HAB MICH IMMER SO GEFREUT, EIN FOTO VON SHOGOS LEERER LUNCHBOX ZU BEKOMMEN, ...

... ABER SAG IHM NICHTS DAVON!

YOSHIRO, ...

ABGEMACHT?!

JA. VERSCHAFF MIR EIN TREFFEN MIT UKIE UND ICH VERRATE ES DIR!

WAS ICH NICHT WEISS?!

HA

SHOGO?

GÄHN

Frustsaufen.
Will nicht nach Hause ...

PTAM

ICH DACHTE, WENN ICH MORGENS GLEICH HER-KOMME, FINDE ICH VIELLEICHT WAS RAUS.

ICH WAR KURZ ZU HAUSE, KONNTE ABER NICHT SCHLAFEN.

UND SEITDEM BIST DU AUF DER SUCHE NACH IHM?

AUCH NACH DEM ARTIKEL IN DER WOCHEN-ZEITUNG ...

WIR SEHEN UNS JEDEN TAG, ER GEHT FRÖHLICH ZUR ARBEIT.

ICH ...

... HAT ER GESAGT, ALLES WÄRE BESTENS.

... HAB ÜBERHAUPT NICHT MITBE-KOMMEN, ...

DA HAB ICH MIR KEINE WEITEREN GEDANKEN GEMACHT.

... DASS YOSHIRO DOWN WAR.

WARUM ...

... BIN ICH ...

... IMMER SO LANGSAM IM KOPF ...

GEHEN, WOHIN?

WAS?

OKAY, GEHEN WIR!

WUDD

Wenn das so weitergeht, hat Yoshiro irgendwann keinen Book mehr auf mich!

...

DAS WÄRE
ZU SCHADE.
GEMEINSAM
SCHMECKT ES
DOCH VIEL
BESSER!

...
WIRKLICH
SCHADE.

JA,
...

Obwohl wir heute beide
frei haben,

... konnte ich nicht für
ihn kochen.

Wir haben keinen Streit. Aber
irgendwie läuft es gerade
holprig.

KLAPPER

Als Bauarbeiter kann ich nicht viel außer Kochen ...

... und trotzdem lasse ich dieses Glück aus meinen Händen gleiten.

Ich will doch ...

Ich will doch nichts mehr, als mit meinem Liebsten zusammen bei einem leckeren Essen den Geschmack von Glück zu genießen.

WUPP

WAS?

1 Kommentar

DAS AUFZU-SCHREIBEN HAT EIN BISSCHEN GEHOLFEN ...

PLING♪

KRRRR

... ALLES AN MICH?

IST DAS ...

WAS SITZT DU DA WIE VERSTEINERT?

?

WIE ES IN MEINER WOHNUNG DUFTET!

WOAH ...

HM?

DU HAST DICH GERADE GEOUTET.

DIE SPRECHEN DIR MUT ZU.

Du bist also ein Mann! Aber beim Kochen spielt es keine Rolle, ob Mann oder Frau! Viel Glück!

Wenn ihr dein leckeres Essen zusammen esst, wird es bestimmt wieder zwischen euch!

Kopf hoch, du schaffst das!

...!

...

WIESO KLINGELST DU NICHT?!

SH...

SHOGO?!

HA

WAS MACHST DU DA MIT YOSHIRO?!

WUPP

GAR NICHTS!

GRAPP

GROLL

„DEINE" MISO-SUPPE?

Uah!

WAH! SPINNST DU?! DAS IST MEINE MISO-SUPPE!

GUTEN APPETIT!

SSSLLPP

54

... SCHRECK-
LICHE SORGEN
GEMACHT!

ICH
...

...
HAB
MIR ...

WAS
ICH HIER
MACHE?

SHOGO,
WAS
MACHST
DU
HIER?!

Beruhig
dich!

ICH
DACHTE, DU
KOMMST
...

...
VIELLEICHT
NIE WIEDER
ZURÜCK.

ER
HAT
...

...
AUGEN-
RINGE.

YOSHI-
ROOO!

QUATSCH!

NATÜR-
LICH KOM-
ME ICH
ZURÜCK!

Ist das nicht Shogo Waki, der Reporter?

KÖNNT IHR EUCH DAS BITTE FÜR ZU HAUSE AUFHEBEN?!

GNN

WRRROMM

PTAM

WUSCH

WARUM
ENTSCHUL-
DIGST
DU DICH
DAFÜR?

TUT
MIR
LEID
...

WAS?

WUSCH

UND
...

... TUT MIR
LEID, WAS ICH
JETZT SAGEN
WERDE.

DASS ICH
DEINE HAND
NICHT LOS-
LASSE.

OH?
SIE KOMMEN ZUSAMMEN NACH HAUSE, SO FRÜH AM MORGEN?
DA SIND SIE JA DOCH RECHT ENG MITEINANDER, HM?
DIESER JOURNALIST SCHON WIEDER!
GEH SCHON MAL VOR, SHOGO!
WARTEN SIE BITTE!
WIE LÄUFT ES DENN MIT IHRER FREUNDIN, HERR WAKI?
DIE FANGEMEINDE HAT JA BEGEISTERT REAGIERT!
MEINE FREUNDIN … SIE MEINEN UKIE?
…!
ICH KLÄR DAS.

GLPP

...!

AH!

ICH
...

...
WILL DICH
AUCH
...

JA
...

GRPP

MERKST
DU DOCH,
ODER?

AAH

ER
IST SO
RIESIG!

SO
SEXY
...

ZUCK

Ah!

HAH

HAH

HAH

Aah!

J... JA,
UND WIE!

IST
DAS GUT,
YOSHI?

FÜR
DICH
AUCH?

Mh!

ES WIRD EIN
LANGER WEG,
...

... ABER
MIT DIR
...

... KANN ES
KLAPPEN.

DARF ICH
DEINEM ACCOUNT
AUCH FOLGEN?

WAS?!

GLUCK

SLP.P

KNIPS

UND DU FOLGST MIR AUF KEINEN FALL!

RASCHEL

W... W... WOHER WEISST DU DAS?!

WAS?

JA ...

UH!

... D... DASS SIE DEINE MUTTER IST?

ABER ERKLÄR MIR BITTE ERST MAL DAS MIT UKIE, IST ES WIRKLICH WAHR, ...

... DASS DU JETZT NUR AN MICH DENKST.

NA JA, ES WAR EH NUR EINE FRAGE DER ZEIT.

BEB

ES IST TOPSECRET, FAST NIEMAND WEISS DAVON.

WAR ES DENN DANN OKAY, ES DEM JOURNALISTEN ZU SAGEN?

BEB

IMMERHIN HABEN WIR HEUTE FREI!

RUMS

ABER VIEL WICHTIGER IST, ...

BEB

\ PING! \

GUT.

ALLES, WAS ICH IM MOMENT TUN KANN, IST ...

ES IST EINE WOCHE HER, SEIT ICH ERFAHREN HABE, DASS DIE SCHÖNE GOURMET-EXPERTIN UKIE IN WIRKLICHKEIT SHOGOS MUTTER IST.

SHOGO IST IM MOMENT NICHT SO GUT GELAUNT, VIEL-LEICHT WEGEN DES GANZEN AUFRUHRS.

Exklusiv ♡ Meldung

„UKIE ist meine Mutter"

Pärchen Mutter und Sohn?!

ALLE WOLLEN WISSEN, WARUM ICH UNSERE VERWANDTSCHAFT VERHEIMLICHT HABE.

ACH, DIE PRESSE NERVT SO ...

MA... UKIE!

WIE SIEHST DU DENN AUS?!

UUH

HAH

...

GNNN

DESHALB HATTE ICH DICH GEBETEN, ES NIEMANDEM ZU SAGEN, ABER DU ...

ALS OB DAS NICHT LOGISCH WÄRE, MEIN KOCHSTIL PASST NUN MAL NICHT ZUR MUTTER-ROLLE.

RAUN

ES IST AUSSER-HALB, WIR FAHREN MIT DEM AUTO, KEINE SORGE!

UND IM NOTFALL VERSTECKE ICH DICH IN MEINEM KOFFER!

UND WENN WIR ZUSAMMEN IRGENDWO AUFTAUCHEN, WERDEN DIE MEDIEN SICH ERST RECHT AUF UNS STÜRZEN.

WAS?! ABER ICH MUSS NACH HAUSE!

ICH KENNE DA EIN GUTES LOKAL!

LASS UNS DOCH GLEICH WAS ESSEN GEHEN, ICH HAB JETZT LUST AUF NABE!

Mein Kleiner!

WAS?!

RAUN

RAUN

ABER NUN JA, DAS IST JETZT NICHT MEHR ZU ÄNDERN!

ÄHM ... WEISST DU, DIESER ACCOUNT ...

STRAHL

...

ICH WOLLTE DOCH SO GERNE MIT DIR NABE ESSEN.

TJA, SO IST DAS EBEN MIT UKIE!

KÖNNEN WIR DOCH JEDERZEIT WIEDER MACHEN!

Dann isst du deine Portion eben jetzt.

GRML

ALSO KEINE WIDERREDE! ♡

ÄÄÄCHZ

DESHALB BIN ICH SO SPÄT DRAN, TUT MIR LEID.

NA DANN, GUTEN APPETIT!

Na klar!

JA!

FWAAAAA

Hau rein!

ABER DARF ICH NOCH ZUGUCKEN, BIS DU FERTIG GEGESSEN HAST?

JA, ICH GEH GLEICH.

DU MUSST DOCH MORGEN FRÜH RAUS, YOSHIRO! GEH RUHIG SCHON SCHLAFEN, ICH RÄUME HIER AUF!

Ah!

KRIEG ICH NOCH NACH-SCHLAG?!

DAS HAB ICH NUR DEINEN KOCHKÜNSTEN ZU VERDAN-KEN! JETZT KANN MICH NIEMAND MEHR GESCHMACKS-ANALPHABET NENNEN!

BINGO! DEINE GESCHMACKS-NERVEN WERDEN IMMER FEINER!

KLAPPER KLAPPER

DER RETTICH IST SO SCHÖN MIT BRÜHE VOLLGE-SOGEN, KÖSTLICH!

DIE BRÜHE IST SELBST GEMACHT! SCHMECKST DU DIE ZUTATEN RAUS?

ICH HAB EH KAUM WAS GE-GESSEN!

DA GEHT NOCH WAS!

SICHER? DU WARST DOCH SCHON ESSEN ...

ABER VIELFRASS WIRD MAN IHN VIELLEICHT NENNEN ...

KONBU-ALGEN UND GETROCKNETE FISCHFLOCKEN, UND SHIITAKE-PILZ IST AUCH DRIN?

WAS?!

WARUM HAST DU UKIE DANN NICHT GESAGT, DASS DU LIEBER ZU HAUSE MIT IHR ESSEN MÖCHTEST?

...

ICH HAB NICHTS RUNTERGE-KRIEGT, ICH HATTE SO VIEL IM KOPF, WÄHREND ICH MIT MEINER MUTTER IN DER ÖFFENT-LICHKEIT UNTERWEGS WAR ...

GING ES DIR NICHT GUT?!

RUMMS

WUMM WUMM

ICH HAB MICH IMMER GEFRAGT, WIE SIE GOURMET-EXPERTIN WER-DEN KONNTE, WENN SIE DOCH FRÜHER NIE GEKOCHT HAT.

WAMM

SHOGO ...

ICH WOLLTE DICH DAS SCHON DIE GANZE ZEIT FRAGEN ...

KLACK

MEINE MUTTER ... KOCHT AUS-SERHALB DES JOBS NICHTS SELBST.

DER KÜHL-SCHRANK WAR IMMER NUR MIT TIEFKÜHLESSEN UND ALKOHOL VOLL.

ICH KANN MICH NICHT ERINNERN, DASS ICH JEMALS ETWAS VON IHR GEGES-SEN HABE.

okonomiyaki

KANN ICH DEM UKIE NICHT MAL KENNEN-LERNEN?

WARUM DU DEM JOURNALISTEN DAS SAGEN MUSSTEST...

ICH WÜRDE IHR GERNE ALLES IN RUHE ER-KLÄREN!

...UND WAS ZWISCHEN UNS IST!

KNUDDEL

ICH WILL IHR DAS MIT UNS AUCH SO GERNE ERZÄHLEN!

KLAR WILL ICH DAS! ICH FREU MICH, DASS DU DAS SAGST!

äh!

YOSHIRO...

NATÜR-LICH NUR, WENN DU DAS AUCH WILLST.

AHA.

PATT PATT

BESTIMMT ... IST ES FÜR SIE KEIN PROBLEM.

IST DOCH OKAY.

GNN

SHOGO ...

EWUPP

RITSCH

ICH HABE ALLES GESAGT.

SOLL ICH SAGEN: „ENTSCHULDIGE, DASS ICH SHOGO DAUERND ZUM ESSEN ENTFÜHRE?"

AH, ICH WEISS!

DU BIST GERADE BESCHÄFTIGT, WIR KOMMEN EIN ANDERMAL WIEDER...

NEIN, NICHT NÖTIG!

DARF ICH SIE MAL ZUM ESSEN ZU UNS EINLADEN?

GRPP

ÄHM ...

NEIN, MAMA, DAS ...

WUSCH

TAP

WAS?

WARUM DAS?

TAP TAP TAP

ICH WEISS NICHT, OB SIE ALS PROFI MIT MEINEN KOCHKÜNSTEN ZUFRIEDEN SEIN WERDEN, ABER ICH LIEBE DAS KOCHEN GENAU WIE SIE UND WÜRDE MICH SEHR GERNE MIT IHNEN UNTERHALTEN!

...

WIR SIND MUTTER UND SOHN, ABER SHOGO IST LÄNGST ERWACHSEN.

WARUM SOLLTE ICH MICH MIT EUCH BEIDEN ABGEBEN?

ICH HAB'S NICHT SO MIT DIESEN DINGEN.

WUSCH

DEIN BLICK IST ECHT GRUSELIG!

WARTE BITTE!

GNNN

HAH

ES TUT MIR LEID ...

ICH HAB SO WAS BEFÜRCHTET!

P TAM

ABER GUT ... WENN ICH MAL IN DER STIMMUNG BIN, NEHME ICH EUCH MIT IN EIN GUTES LOKAL!

SIE MEINT ES NICHT BÖSE!

SHOGO ...

ALSO DANN!

ZUCK

43-pp

DIE WANNE IST EIN BISSCHEN KLEIN FÜR ZWEI ...

GJLSCH

SHOGO! DOCH NICHT HIER!

HA

WIR STOSSEN UNS DOCH NUR UND DU KRIEGST BLAUE FLECKEN!

HA

ZUCK

ZUCK

ICH KANN MICH KAUM RÜHREN UND MIR WIRD KALT ...

GJLSCH

MH ...

YOSHI ...

ICH ...

... BIN GLÜCKLICH, DASS DU BEI MIR BIST. DAS REICHT MIR SCHON.

JEDER MUTTER FÄLLT ES ANFANGS SCHWER, ZU AKZEPTIEREN, WENN IHR SOHN EINEN MANN ALS PARTNER HAT.

ES IST ALLES GUT.

BESTIMMT WIRD SIE IRGENDWANN ...

MAMA!

MAMA!

ES GEHT NICHT UM AKZEPTANZ!

NEIN, DAS IST ES NICHT!

und weißt du ...
ICH HAB IN DER SCHULE EINEN PREIS GEWONNEN!
TUT MIR LEID, ICH BIN MÜDE. MORGEN, JA?
ÄHM!
DAS HIER IST MEINE ...
FREUT MICH, FRAU WAKI!
TUT MIR LEID, ICH MUSS GLEICH WIEDER ARBEITEN.
BESTELLT EUCH EINE PIZZA ODER SO.
OKAY ...
MEINE MUTTER HAT SICH ...
... EINFACH NIE FÜR MICH INTERESSIERT.

DEIN GESICHT IST GANZ KALT.

HA H

WIR SOLLTEN LIEBER ERST WAS ESSEN!

ÄH ...

SPLASH!

IST IN DER WANNE EH UN-SINNIG.

MACHT NICHTS.

T... TUT MIR LEID!

ICH WÜRDE SIE GERNE RICHTIG KENNEN-LERNEN!

DING DONG

ICH ... HAB MICH JA NOCH GAR NICHT OFFIZIELL VORGESTELLT ...

ACH, SAG MAL, WOLLEN WIR MAL MIT SACHIKO ESSEN GEHEN?

MIT MEINER MUTTER?

GYAH! GOURMET-REPORTER WAKI! ♥

DIESMAL SIND SIE NICHT ZUM IN-DIE-TÖPFE-GUCKEN DA, STIMMT'S?!

SO NENN JA NOCH NICHT MAL ICH IHN ...

JA! SHOGO-LEIN! ♥

JA! SHOGO! ♥

UND NENNEN SIE MICH DOCH BITTE SHOGO!

JA. HEUTE BIN ICH PRIVAT HIER.

UND DAS JETZT IST UNSER ERSTES TREFFEN ZU DRITT.

ICH BIN EIN BISSCHEN NERVÖS ...

ES WAR SCHICKSAL, DEIN ELTERN-HAUS HAT MICH WOHL MAGISCH ANGEZOGEN!

... ALS SHOGO WÄHREND SEINER SENDUNG ZUFÄLLIG AN IHRER HAUSTÜR KLINGELTE. ES KLINGT FAST WIE EIN WITZ.

ZUR ERSTEN BEGEGNUNG MIT MEINER MUTTER KAM ES, ...

BEINAHE HÄTTE ICH VOR DER KAMERA BEI IHR UM DEINE HAND ANGE-HALTEN!

Was für ein schla-massel ...

He he he ...

Was?! Aber Frau Kämi?!

Oh!

Danke, dass Sie sich im-mer so gut um Yoshiro küm-mern! ♥

ICH FRAGE MICH,
...

... WIE ICH?

... OB UKIE IHREN SOHN JE SO FRÖHLICH BEIM ESSEN ERLEBT HAT?...

IST DAS IN EINER GROSS-KÜCHE?

AH, DIESER ACCOUNT ...!

Yoshi @YsYsxxxxx

Vor 20 min.

Heute sind wir zum Abendessen bei meiner Mama.

WOW, DAS IST VIEL ESSEN!

DA WERDEN IMMER VOR-HER-NACH-HER-BILDER VON EXTRA GROSSEN LUNCHBOXEN GEZEIGT!

ACH JA? MUSS DOCH TEUER SEIN ...

ER KOCHT DAS ALLES SELBST!

DAS IST EBEN LIEBE!

AHA ...

DIESE LUNCHBOXEN ...

NORMALER-
WEISE BIST DU
BESTIMMT ZU
BESCHÄF-
TIGT, NABE
BRAUCHT JA
SEINE ZEIT.

ICH
ESSE NABE
AUCH MAL
ALLEINE,
ABER IM
KREISE DER
LIEBEN IST
ES NOCH
SCHÖNER!

NABE
IST
SCHON
ECHT
TOLL!

ENDLICH
DER
HAUPT-
GANG!

ICH
HOLE DANN
MAL DEN
HAUPT-
GANG!

Puh!!
Ob ich
noch was
essen
kann...

ICH
SCHÄTZE,
ER DENKT
GENAUSO
ÜBER DICH.

ICH WEISS
GAR NICHT,
WIE ICH IHM
DAS ZURÜCK-
GEBEN KANN.

FÜR MICH
IST JEDER TAG
MIT IHREM ...
ICH MEINE, MIT
YOSHIRO ... SO
VOLLER GLÜCK.

JA!

WIR
WERDEN
MITEINAN-
DER GLÜCK-
LICH, DAS
VERSPRE-
CHE ICH!

BITTE
KÜMMERE
DICH GUT
UM MEINEN
NICHTSNUTZI-
GEN SOHN!

WUPP

Shogo, tut mir leid, wenn es nicht gut schmeckt.

Mama

ICH MUSS NOCH MAL WEG ZUR ARBEIT.

ISS DAS SCHÖN AUF UND NIMM DEINE MEDIZIN, JA?

ALS ICH EIN KIND WAR, HAT MEINE MUTTER ...

... EIN EINZIGES MAL SO EINE REISSUPPE GEKOCHT.

UND DASS SIE DICH ALS TEIL DER FAMILIE AKZEPTIERT.

AUCH WENN ES EGOISTISCH IST ...

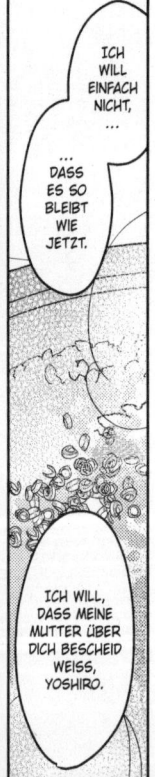

ICH WILL EINFACH NICHT, ...

... DASS ES SO BLEIBT WIE JETZT.

ICH WILL, DASS MEINE MUTTER ÜBER DICH BESCHEID WEISS, YOSHIRO.

MAMA ...

DARUM GEHT ES DOCH NICHT!

ICH WILL, DASS DU ERFÄHRST, WARUM ICH MICH ...

... IN IHN VERLIEBT HABE!

NUCK

MIR IST SCHON KLAR, WAS DU DARAN MAGST, SHOGO. RIESIGE MENGEN SCHLICHTER HAUSMANNS-KOST, DAS KOMMT GUT AN.

ABER DAS IST NICHT MEIN STIL.

AUSSERDEM KENNE ICH BEREITS DEN ACCOUNT DEINES LIEBSTEN.

WAS?!

DU SOLLST MICH SO NENNEN!

AH, KÜMMERT EUCH EINFACH NICHT UM UNS!

DAS MACHT MICH NERVÖS ...

MAN GEWÖHNT SICH NOCH DRAN.

Du bist noch neu dran, hier!

GRMPF

DANN ...

94

HA

HAAH

DU WEISST DOCH, STRIKTE TRENNUNG ZWISCHEN SENDUNG UND PRIVATLEBEN!

Obwohl es dafür schon zu spät ist!

SAG BLOSS, DU WILL BEI DER PÄRCHEN-GOURMET-SHOW MIT IHM ANTRETEN?

... WÜRDEST DU ES IM RAHMEN MEINER ARBEIT PROBIEREN?

WUSCHEL

WIE KOMME ICH ÜBERHAUPT DARAUF, YOSHIRO IM FERNSEHEN ...

Was hab ich mir dabei gedacht?!

ICH WEISS JA ...

WAS?

ACH, WARTE MAL.

MURMEL

MURMEL

SOCIAL MEDIA ... GEHT VIRAL ...

DAS KÖNNTE KLAPPEN ...

WAS?

ES SOLL EIN SPEZIAL-FORMAT WERDEN.

UND DA SOLL ICH ...

UKIE, DIE SOCIAL-MEDIA-KÖNIGIN, GEGEN EINEN GANZ GEWÖHNLICHEN HOBBYKOCH.

A... AUF KEINEN FALL! WAS DENKST DU DIR?!

ICH WOLLTE DOCH NUR, DASS MEINE MUTTER MAL DEIN ESSEN PROBIERT!

ICH HAB IHNEN JA GESAGT, DASS DU AUF KEINEN FALL INS FERNSEHEN WILLST, ABER ...

DAS WÄRE DOCH EINE EINMALIGE GELEGEN-HEIT FÜR DICH!

WAS?

EIN KOCHDUELL ZWEIER NEWCOMER-STARS DER SOZIALEN MEDIEN ...

96

... DASS DU ETWAS BESONDERES FÜR MICH BIST, YOSHIRO.

... WILL ICH, DASS SIE AUCH SO VERSTEHT, ...

ALSO LASSEN WIR DAS THEMA JETZT, ...

... JA?

SHOGO ...

YOSHI, ...

... NUR KURZ ... OKAY?

MH ...

DOMP

GRP

MRML

ICH HAB MICH WIEDER NICHT GETRAUT...

CHRRR

CHRRR

IM FERN-SEHEN?!

NA JA ...!

WAS ÜBERLEGST DU DANN NOCH?

UND DEINE FOLLOWER IN DEN SOZIALEN MEDIEN CHE-CKEN DANN VIELLEICHT AUCH, DASS DU SHOGOS LOVER BIST!

EY, IST DAS NICHT STRESSIG? WENN DICH DANN WIEDER JOURNA-LISTEN AUF DEM KIEKER HABEN!

TRAPPEL

TRAP

TRAP

TRAPPEL

YOSHIRO!

JA, AUS-SERDEM HAB ICH GAR KEINE LUST, BEI EINEM KOCHWETT-BEWERB MITZU-MACHEN.

TAP

ENTSCHULDIGT DIE STÖRUNG IN DER MITTAGS- PAUSE!

DU HAST BESUCH!

SCHON WIEDER JEMAND BERÜHMTES!

KÖNNTEN WIR KURZ UNTER VIER AUGEN REDEN?

TADAAA

UKIE?

WOAH...

WILLKOMMEN ZURÜCK, SHOGO.

ESSEN IST FERTIG.

Der Geschmack von Glück ✿

KLACK

YOSHIRO!

BIN WIEDER ZU HAU...

?!

DU HAST ZWAR GESAGT, ICH MUSS NICHT, WENN ICH NICHT WILL, ...

... ABER ICH DENKE, ES IST OKAY, SOLANGE ICH MEIN GESICHT NICHT ZEIGE.

AH, SORRY, ICH WOLLTE NUR SCHON MAL ÜBEN ...

ÜBEN?

YOSHIRO?! WAS IST DENN MIT DIR LOS?!

... wieder verbro-chen?!

Was hab ich ...

ICH BIN DABEI, ...

... BEIM KOCH-DUELL MIT UKIE.

Der Geschmack ❀ von Glück ❀

ZEHN STUNDEN ZUVOR ...

DER PRODUZENT HAT MIR GESAGT, DASS ICH DICH HIER FINDE.

SHOGO WEISS NICHTS DAVON.

ICH HABE MICH NOCH NICHT ENTSCHIEDEN ...

JA.

DU WEISST SCHON VON DEN PLÄNEN FÜR DIE KOCHSHOW?

WENN DU VORHAST, ZUZUSAGEN, MÖCHTE ICH, DASS DU EINS WEISST.

ES WIRD KEINEN EHRLICHEN WETT-KAMPF GEBEN, WENN EIN GESCHMACKS-ANALPHABET WIE SHOGO DEN JUROR MACHT.

ICH DENKE NICHT, DASS ER SO WAS TUN WÜRDE.

UND SEIN GESCHMACKS-SINN HAT SICH SCHON DEUTLICH VERBESSERT ...

DAS MACHT ES FÜR MICH UMSO SCHWERER.

ER WIRD DICH AUS EIGENNUTZ IM-MER GEWINNEN LASSEN UND DAS IST AUCH FÜR DIE SENDUNG BESSER.

Was?

ICH KONNTE IHM DAS NIE BIETEN.

...OO'

WAS DU KOCHST, ENTSPRICHT SEINEM IDEAL VON GUTEM ESSEN.

ICH MÖCHTE, DASS DU ANDERS KOCHST, ALS DU ES SONST TUST.

ICH MÖCHTE, DASS DU ABSICHTLICH VERLIERST!

GRPP

ABER WENN ICH VERLIERE, WIRKT SICH DAS AUF MEINE KARRIERE AUS.

ALSO HABE ICH EINE BITTE AN DICH ...

LÄCHEL

107

Äh······

ICH DACHTE, DIE PASST GANZ GUT...

Eine Hübschere!

ABER ICH BESORGE DIR EINE ANDERE MASKE!

ICH WERDE MEIN BESTES GEBEN, DAMIT ES FÜR ALLE EINE TOLLE SHOW WIRD!

Yoshi

Ich habe zugestimmt, in einer TV-Sendung mitzuwirken. Eine Spezial-Sendung der „Pärchen-Kochshow" bei ABS, die Details erfahrt ihr noch! Hier erst mal eine Auswahl an Masken für meinen Auftritt.

Hausgemachte Brühe → Japanisch?

Europäisch

Miso-suppe

Mikrowelle

Erbse Portion

Selbstgemacht

Klebreis?

sonst gibt es bei dir doch immer nur Tiefgefrorenes aus der Mikrowelle

... WIE MACHT MAN SO EINE BRÜHE?

SAG, MAMA, ...

DAS IST ABER UNGEWÖHNLICH, DASS DU DIR ÜBER REZEPTE GEDANKEN MACHST, UKIE.

OH?

Waaas?!

ICH NEHME EINFACH INSTANT-BRÜHE!

109

FWOPP

DER DREH
GEHT LOS,
ICH KANN
JETZT NI...

HALLO,
HIER WAKI?

WAS?

TAGUCHI

TAGUCHI?

ICH GEH
MAL UKIE
HALLO
SAGEN
...

WARTE
BITTE!

ICH
KOMME
MIT...

MEINE
MUTTER
UND
YOSHIRO?

Ein
Panda!

110

WIR STOPPEN DIE SENDUNG.

Hm?

ICH SOLL ES EIGENTLICH FÜR MICH BEHALTEN, ...

... ABER DEINE MUTTER WAR NEULICH HIER UND HAT MIT YOSHIRO GEREDET.

OKAY, DANN FANGEN WIR BEI YOSHIRO MIT DEM FILMEN AN!

NEIN!

TJA, DANN ...

UND WENN ICH NEIN SAGE?

... WILL ICH NIE WIEDER ETWAS MIT EUCH BEIDEN ZU TUN HABEN.

HAH

SHOGO?

ICH GLAUBE, YOSHIRO WILL DIR ZULIEBE DAS KOCHDUELL VERLIEREN.

WIR HÄTTEN DIESE SENDUNG VON ANFANG AN NICHT MACHEN SOLLEN.

WIE KONNTEST DU YOSHIRO ZU SO EINEM DEAL DRÄNGEN? UNTERSCHÄTZ SEINE KOCHKÜNSTE NICHT, NUR WEIL ER EIN HOBBYKOCH IST!

ICH WERDE BEI KEINER SENDUNG MITMACHEN, DIE AUF EINER LÜGE BASIERT, NUR DAMIT DU DEINEN RUF NICHT VERLIERST!

ICH WILL NICHT, DASS DER MENSCH, DEN ICH LIEBE, SICH FÜR MICH SO VERBIEGT!

KOMM, WIR GEHEN, YOSHIRO!

PATSCH

DU DENKST DOCH NICHT, DASS ICH ABSICHTLICH VERLIEREN WERDE?

WENN ES UM ESSEN FÜR DICH GEHT, ...

... KÖNNTE ICH NIEMALS ETWAS FAKEN!

NEIN, ICH BLEIBE!

DESHALB MÖCHTE ICH AUCH, …

„… DASS DU EIN FAIRES URTEIL FÄLLST."

AUSSERDEM FREUE ICH MICH WIRKLICH AUF DIESE SENDUNG.

ICH WILL WISSEN, WAS UKIE UNTER »SCHLEMMEN WIE BEI MAMA« VERSTEHT.

UND WIE ES DIR DANN SCHMECKT, SHOGO.

FWOPP

… DANN ÜBERLEGEN WIR EBEN WEITER.

UND WENN UKIE WIRKLICH DEN KONTAKT ZU UNS ABBRICHT, …

YOSHIRO HAT SICH ECHT VERÄNDERT!

ER IST DIR ÄHNLICHER GEWORDEN, IM POSITIVEN SINNE.

…

DAS WIRD SCHON!

Also dann los!

114

ICH WAR SO ABGELENKT VON MEINER MUTTER, ...

ALSO, FANGEN WIR MIT YOSHIRO AN!

STÜRZEN WIR UNS IN EIN NEUES SCHLEMMER-VERGNÜGEN!

MACH ERST MAL DEINEN JOB!

DU BIST MIT DEINEM ACCOUNT BEKANNT GEWORDEN DURCH GROSSE PORTIONEN HAUSMANNS-KOST!

DA STEHEN VOR ALLEM MÄNNER DRAUF UND TJA ... HEUTE BIST DU HIER!

... DASS ICH DAS WICHTIGSTE GANZ VERGESSEN HABE.

HIBBEL

DAS IST JA WIE GEMACHT FÜR MICH, HERVORRAGEND!

ES WIRD EINE LUNCHBOX FÜR HUNGRIGE MÄNNER, ALSO EXTRA LARGE ...

WIE WIRD DEIN MENÜ AUSSEHEN?

HNG

ÄH, OH
...

DAS IST
ZU NAH
...

CUT!

WAS?

SHOGO,
ZÜGLE
DEINE
BEGEIS-
TERUNG
ETWAS!

REISS
DICH ZU-
SAMMEN!

UKIE,
WIR HABEN
JETZT ALLE
ZUTATEN
VORBEREI-
TET.

BITTE
HALTEN
SIE SICH
BEREIT.

BITTE ENT-
SCHULDIGEN
SIE, ABER
...

...
RÄUMEN SIE
ALLES WIEDER
WEG.

WIE
LANGE
WOLLT
IHR MICH
DENN NOCH
WARTEN
LASSEN?

P
I
N
G

DANN
WOLLEN WIR
MAL SEHEN,
WIE ES BEI
UKIE VORAN-
GEHT UND ...

ICH BIN
LÄNGST
FERTIG!
♡

RITSCH

TEST ESSEN

... EIN DELIKAT ZUBEREITETES MENÜ EINES BEGABTEN HOBBYKOCHS ...

... GEGEN LUXURIÖS ANGERICHTETE TIEFKÜHLKOST EINER PROFI-GOURMET-EXPERTIN.

SELBST MIT SHOGOS MANGELNDEM GESCHMACKS-SINN SOLLTE DIE ENTSCHEIDUNG EINE KLARE SACHE SEIN.

RIESIGE PORTIONEN ...

EIN ZIEMLICH ÄHNLICHES MENÜ ...

OPTISCH JA ...

ABER ...

DAS IST WAHRES SOUL FOOD, WÜRDE ICH SAGEN.

DIE AROMEN DELIKAT UND VOLLER FINESSE.

YOSHIROS ESSEN WAR OPTISCH SCHON EINE OFFENBARUNG.

KLIRR

DAS WAR ALLES WIRKLICH KÖSTLICH.

DA SPÜRT MAN WAHRHAFTIG, DASS LIEBE DURCH DEN MAGEN GEHT.

SHOGO ...

HAH

JA ... ES FREUT MICH, WENN DAS BEI DEM MENSCHEN ANKOMMT, FÜR DEN ICH KOCHE.

IMMERHIN HAST DU DAS FÜR MICH GEKOCHT, UKIE!

NATÜRLICH WILL ICH!

WAS?! DU WILLST DAS ESSEN?

DANN WERDE ICH MICH MAL AN UKIES ESSEN MACHEN!

...

DIE ENTSCHEIDUNG STEHT DOCH LÄNGST, ODER?

DIE HAB ICH SCHON ALS KIND AM LIEBSTEN GEGESSEN.

DAS MENÜ IST KOMPLETT AUS TIEFKÜHLKOST ZUBEREITET.

DAS SIEHT MAN AUF DEN ERSTEN BLICK.

JA, DAS SIND MEINE LIEBLINGSSPAGHETTI.

DU WEISST ES ALSO NOCH.

KLIRR

MEINE
ENTSCHEI-
DUNG
LAUTET
...

...

SELBST-
VER-
STÄND-
LICH.

... UNENT-
SCHIEDEN.

HÄ?

DESHALB HABE ICH NIE ETWAS GESAGT, ...

... AUCH WENN ICH WIRKLICH EINSAM WAR.

ICH WEISS, DASS DU IN MEINER KINDHEIT JEDEN TAG VIEL ARBEITEN MUSSTEST, UM MICH ZU VERSORGEN.

VERBIN-DUNG?

... ZUSAMMEN GEGESSEN, EGAL OB SELBST GEKOCHT ODER NICHT.

GRR

... HIN UND WIEDER MAL MIT MEINER MUTTER ...

ICH HÄTTE SO GERNE ...

HEUTE IST FÜR MICH DAS, ...

... WAS ICH DAMALS ZU ESSEN BEKOMMEN HABE, WIRKLICH «SCHLEMMEN WIE BEI MAMA».

GRPP

UND TROTZDEM HABE ICH JEDES MAL BEIM ESSEN DIE VERBINDUNG ZU DIR GESPÜRT, WENN ICH DEN ZETTEL GESEHEN HABE, ...

... DEN DU MIR IMMER HINGELEGT HAST.

124

DESHALB WILL ICH MICH NICHT ENTSCHEI- DEN.

ALS ICH DIESEN JOB BEKOMMEN HABE, WAR ICH MIR ÜBER DIESE GEFÜHLE NOCH NICHT IM KLAREN, ...

... BIS SIE MIR EIN WICHTIGER MENSCH BEWUSST GEMACHT HAT.

ICH MAG BEIDES GLEICH GERN!

MAMPF

MIT EINEM UNENTSCHIE- DEN WERDEN SICH DIE ZUSCHAUER NICHT ZUFRIEDEN- GEBEN.

NATÜRLICH IST DER GESCHMACK DAS, WAS ZÄHLT.

HA

AH!

Yoshiros ESSEN ...

125

DANKE FÜR DAS LECKERE ESSEN.

DU BIST DER SIEGER, ...

SO ETWAS BEKOMME ICH NICHT HIN.

ICH SAG ES UNGERN, ABER DAS IST WIRKLICH ZUM REINLEGEN.

... YOSHI.

WIR WOLLEN AUCH!

ICH HAB AUCH HUNGER!

Ich bin schon ganz satt von deinem Süßholz-geraspel!

UND DAS AUCH!

DAS HIER IST SO LECKER!

PONK

HE, WIR WOLLEN AUCH WAS AB!

ICH HAB'S VER-STANDEN, ISS DU EINFACH ALLES!

PEEP

06 03 : 12. 10
210 min. ☐

TUT MIR LEID, DASS ICH DIE SENDUNG GECRASHT HABE.

ÄHM ...

DAS IST JA WIE EINE REALITY SHOW! DAS KÖNNEN WIR NICHT VERWENDEN!

ZUR STRAFE MUSST DU ALLES ABRÄUMEN! ♡

ICH DACHTE, SIE WÜRDEN IHRE MÜTTERLICHE SEITE NICHT SO EINFACH ZEIGEN WOLLEN.

DAS IST DOCH NICHT DEINE SCHULD!

WAS?! ICH ALLEINE?!

DESHALB HAB ICH GEHOFFT, DIE SENDUNG KÖNNTE DIE WAHRE MUTTER-SOHN-BEZIEHUNG ZUM VORSCHEIN BRINGEN.

UND AUSSERDEM BIST DU DOCH NUR AUF MEIN ANGEBOT EINGEGANGEN, WEIL DU WUSSTEST, DASS ES SO KOMMEN WÜRDE, STIMMT'S?

WIR HABEN GLEICH NOCH EINE BESPRE-CHUNG FÜR DIE NÄCHSTE SENDUNG!

Die ganze Nacht!

...
KANN ICH VERSTEHEN, WENN SIE SICH SORGEN MACHEN ...

WAS? WIESO?

ÄHM, ...

... DA ICH EIN MANN BIN, ...

GRPP

SOLLTE ICH MIR DENN SORGEN MACHEN?

HA

WAS?!

PTAM

ALSO, BIS BALD!

JA, BIS BALD ...

ICH VERRATE DIR BEI GELEGENHEIT DIE LIEBSTEN TIEF-KÜHLGERICHTE MEINES SOHNES, DANN KANNST DU DA AUCH MAL TRICKSEN!

ABER HÖR MAL, JEDEN TAG SELBST ZU KOCHEN, MACHT DICH DOCH NUR KAPUTT!

RAUN

WAAAS?!

SCHWITZ

··· so viel

··· schaum

SCHWITZ

SCHWITZ

WAH

PLATSCH

KENNT UKIE DIESE SEITE AN DIR EIGENTLICH?

DU BIST SO KINDISCH!

SHOGO!

ICH SEH GAR NICHTS VOR LAUTER SCHAUM!

FWOO

FWOO

Nein, lass mich doch!...

Ich mach das schon, ruh du dich aus!

SCHRBB

SCHRBB

YOSHIRO!

BDUM

J... JA?!

WUPP

WIE IMMER NUR ALKOHOL...

!

ICH HAB DURST, ...

... ICH HOL UNS WAS ZU TRINKEN!

DANKE, SHOGO...

SCHATZ!

SCHATZ...

ÄCHZ

Erschreck mich doch nicht so!

WAS IST LOS?

SIEH DIR DAS AN!

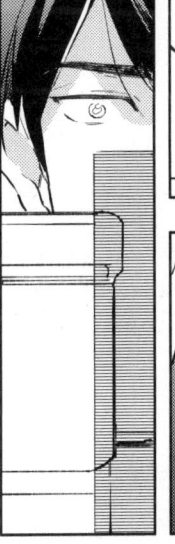

KLACK

\ PING! /

ICH BRAUCHE NICHTS, DANKE.

Yoshiro Kami
Bauarbeiter

ES WAR GUT, DEN ZUG ZU NEHMEN.

SCHRRRI

MIT DEM FLUGZEUG WÄREN WIR ZWAR SCHNELLER, ABER BEI START UND LANDUNG KANN MAN NICHT ESSEN.

AH, EINE LUNCHBOX BITTE!

Kaffee! Tee!

Lunch boxen!

WAS WILLST DU HABEN, YOSHIRO?!

RATTER
RATTER
RATTER

ICH HAB EXTRA VIEL GEMACHT, DAMIT WIR AUF DER LANGEN FAHRT KEINEN HUNGER HABEN MÜSSEN.

Leer.

ooo

KNÜLL

ABER ...

... SAG MAL, ...

ABER DASS SCHON VOR DER ABFAHRT ALLES WEG IST, HATTE ICH NICHT ERWARTET.

140

Eita Mizumaki
Kollege von Yoshiro

DU GEHÖRST DOCH GAR NICHT ZU UNS!

... WAS MACHST DU ÜBERHAUPT HIER, VERFLIXTER REPORTER?!

Kei Taguchi
Kollege von Yoshiro

Bitte!

Ich wünsche mir so sehr eine tolle Feier!

BERUFLICH?!

Yuto Iwanaga
Kollege von Yoshiro

YUTO HAT MICH GEBETEN, DAS HOCHZEITSBANKETT ZU MODERIEREN.

SEINE BRAUT IST FAN VON MIR UND ER MÖCHTE IHR EINE FREUDE MACHEN.

DARF MAN ALS ANGESTELLTER EINES SENDERS ÜBERHAUPT SOLCHE PRIVATANFRAGEN ANNEHMEN?

JETZT SCHON, ICH BIN BERUFLICH HIER!

Shogo Waki
Reporter einer Gourmet-Show und Yoshiros Lover

KRCKS

DAS VERZEIH ICH DIR NIE.

YUTO ... DA REISST MAN SICH EIN BEIN FÜR IHN AUS UND ER HEIRATET MAL EBEN.

Und Honorar bekomme ich auch!

ICH HABE EINE SONDERGENEHMIGUNG ERHALTEN.

DAS IST EINE AUSNAHME, ES GIBT VERWANDTSCHAFTLICHE BEZIEHUNGEN ZWISCHEN YUTOS FAMILIE UND DEM SENDER.

DIE HABEN JA AUCH ZUSAMMEN AUF DEM BAU ANGE-FANGEN. GENAU ZWEI JAHRE NACH UNS ANDEREN.

DIE BEIDEN SIND JA SÜSS MIT-EINANDER.

NA, NA, BERUHIG DICH MAL, PAPA!

ALKO-HOL! ICH BRAUCHE ALKOHOL!

Ein Bier bitte!

Nenn mich nicht Papa!

Für mich auch!

ZUSAMMEN ANGEFAN-GEN, DA FÄLLT MIR EIN ...

WISST IHR, WER GAR NICHT MEHR KOMMT?

TSUYOSHI ...

SRRRTZ

DAS HAB ICH GEMEINT, SHOGO!

ÄH, NEIN!

HA

ER KOMMT NICHT MEHR ZUM KOCH-UNTERRICHT ...

ÖÜCHO ÖÜCHO ÖÜCHO

HÄ?

AH HA HA HA HA HA HA HA

ICH ESS ERST MAL WAS!

...

EHHH

ACH JA?

KEIN WUNDER.

ICH GEH MAL AUFS KLO.

DAS IST DIE ERSTE HOCHZEIT SEIT DER VON TSUYOSHI.

DAS DÜRFTE IHN ETWAS SENTIMENTAL STIMMEN.

YOSHIRO HAT DAMALS DIE TRAUZEUGEN-REDE GE-HALTEN.

DAS WECKT SICHER SCHMERZ-HAFTE ERINNE-RUNGEN BEI IHM.

WIESO DAS? IST DOCH EINE SCHÖNE ERINNERUNG ...

OH ... JETZT HABEN WIR IHN WOHL VERJAGT ...

WÄHREND DER FEIER KOMMST DU BESTIMMT NICHT ZUM ESSEN, ALSO ISS DAS VORHER NOCH!

HERZLICHEN GLÜCKWUNSCH, YUTO! HIER, UNSER GESCHENK!

DANKE, YOSHIRO!

YUTO, VERDAMMT! DU KANNST DOCH NICHT ERNSTHAFT HEIRATEN!

WAH, DU HAST EINE FAHNE, TAGUCHI!

ER HAT IM ZUG ZU TIEF INS GLAS GEGUCKT.

IHR LIEBEN! DANKE, DASS IHR DIE LANGE REISE AUF EUCH GENOMMEN HABT!

!

... TYPISCH YOSHIRO!

WA HA HA, DAS IST MAL WIEDER ...

ÄH ...

TSUYO-SHI?!

HEY, SCHÖN, EUCH ALLE HIER ZU SEHEN!

GEHT'S DIR GUT?

WIE SCHÖN, DICH ZU SEHEN.

ICH FREU MICH AUCH!

ICH WAR AUCH ÜBERRASCHT!

WER HÄTTE GEDACHT, DASS IHR BRÄUTIGAM MEIN EHEMALIGER KOLLEGE IST!

MEINE FRAU HAT MIT DER BRAUT STUDIERT UND SIE SIND SEITDEM BEFREUNDET!

Tsuyoshi Sakura
Kumpel von Yoshiro und früherer Lieblingsarbeitskollege

WAS MACHST DU HIER?

DU GEHÖRST DOCH GAR NICHT ZU YUTOS ENGEM FREUNDESKREIS.

Hm? Tsuyoshi? Halluziniere ich?

DIE ARBEIT!

Und?

WAS FÜHRT SIE HIERHER, HERR WAKI?

AH, DA SIND SIE!

DIE BESPRECHUNG FÜRS BANKETT BEGINNT JETZT!

DAS IST DOCH ÜBERHAUPT KEIN PROBLEM!

HACH JA, ICH HATTE IN LETZTER ZEIT SO VIEL ZU TUN, DA KONNTE ICH GAR NICHT MEHR KOMMEN!

146

DAS IST MEINE ERSTE BANKETT-MODERATION AUSSERHALB DER GOURMET-SHOW.

YOSHIRO ...

VIEL ERFOLG, SHOGO!

AH, OKAY, KOMME!

ABER DU WIRST SCHON SEHEN, ICH GEBE MEIN BESTES, DAMIT GUTE STIMMUNG HERRSCHT ...

... UND ES FÜR WIRKLICH ALLE EINE TOLLE ERINNERUNG WIRD!

NA, DER SIEHT SICH WOHL ALS HAUPTPERSON HIER, DER HERR REPORTER.

ÄH, NEIN. SCHON OKAY, HAUPTSACHE, ES IST NICHTS PASSIERT!

WAS, IM ERNST?!

OKAY, WIR STÖREN HIER NUR, GEHEN WIR MAL IN DIE LOBBY!

WAS HEULST DU DENN JETZT ...

NA, WEIL ...

... ICH WILL DOCH, DASS DIE HOCHZEIT HEUTE PERFEKT WIRD, DAS SOLL MEIN LIEBESBEWEIS FÜR MEINE YURI SEIN!

YURI?

DIE BRAUT!

... HAT EINEN HEXENSCHUSS UND KANN NICHT KOMMEN.

DER FREUND, DER DIE REDE HALTEN SOLLTE, ...

SCHNIEF

HAAAA

ALLES OKAY, YUTO?

IST WAS PASSIERT?

DANN MUSS JEMAND EINSPRINGEN!

WAS?!

TJA, DANN HILFT ES WOHL NICHTS!

Was mach ich denn jetzt?!

DIE MEISTEN GÄSTE SIND VON IHRER SEITE.

ICH HAB NICHT SO VIELE RICHTIGE FREUNDE.

Oh, wusste ich nicht.

ABER ...

ÄH, KEINE CHANCE! ICH KANN NICHT VOR MENSCHEN SPRECHEN, DA KRIEGE ICH LACHANFÄLLE ...

EITA?

WENN DU ES UNBEDINGT SO WILLST, DANN WERDE EBEN ICH ...

DU HÄLTST DIE KLAPPE, SUFFKOPF!

ICH FLEHE DICH AN, ICH WILL DOCH DIE PERFEKTE HOCHZEIT!

WAS, ICH?!

ÄH ...

WUPP

YOSHIRO!

HERR WAKI, ES GIBT EINE ÄNDERUNG BEZÜGLICH DER TRAU- ZEUGEN- REDE.

EINE ÄNDE- RUNG?

Bankett

DIE GÄSTE WARTEN SCHON!

TRAP

ÄH ...

HERR WAKI?!

DAS WAR JA NETT GEMEINT VON TSUYOSHI, ...

HAH ...

... ABER DAMALS HAB ICH ES EIN BISSCHEN BEREUT, DIE REDE GEHALTEN ZU HABEN.

ÄHM, SIE SIND YOSHIRO, RICHTIG?

JETZT IST DIE SITUATION ZWAR EINE VÖLLIG ANDERE, ABER ...

AUCH WENN ES NIEMAND MITBEKOM- MEN HAT, ...

... FÜR MICH HAT ES SICH SO ANGEFÜHLT, ALS WÄRE ICH EIN MAKEL AUF EINER SO HEILIGEN FEIER.

EIN SCHWARZES SCHAF, DAS DORT NICHTS ZU SUCHEN HAT.

NEIN, NEIN, ICH HABE IHNEN ZU DANKEN!

VIELEN DANK FÜR ALLES!

SEINE FRAU, JA.

WUMM

AH, SIE SIND TSUYOSHIS ...

UNSERE TOCH- TER.

NA, LASS DAS!

GNNNN

IST SCHON OKAY!

HALLO!

HALLO, KLEINE!

ES SCHMECKT IMMER SO GUT, DASS ICH WÜNSCHTE, ER WÜRDE NOCH MEHR VON IHNEN LERNEN!

MEIN MANN KOCHT HÄUFIG GERICHTE, DIE SIE IHM BEIGEBRACHT HABEN.

OH ... IST MIR EINE EHRE.

ICH HAB NEULICH ERST DARAN GEDACHT, MICH MAL ZU MELDEN.

WIE SCHÖN, DASS SIE EINE SO SÜSSE TOCHTER HABEN!

ICH WOLLTE MICH SCHON LANGE MAL RICHTIG BEDANKEN!

GRPP

KOMMEN SIE UNS DOCH BITTE BALD BESUCHEN!

BESUCHEN!

ICH HATTE PLÖTZLICH SEHNSUCHT NACH DIR.

SORRY!

GING MIR GENAUSO.

BITTE NEHMT UNBEDINGT MEINEN LIEBLINGS-LÖFFEL DAFÜR!

NACH DEM ANSCHNEIDEN DIESER PERFEK-TEN TORTE IST DER MOMENT FÜR DEN ERSTEN BISSEN GEKOMMEN!

Aaah! ♥

WENN ICH „JETZT" SAGE, MÖCHTE ICH VON ALLEN ANWESENDEN GÄSTEN EIN LIEBEVOLLES „AAAH!" ♡ HÖREN.

TJA, ICH KANN SEHR GUT VERSTEHEN, DASS MAN DA GLEICH ZUSCHNAPPEN WILL, ABER BITTE NOCH EINEN MOMENT SO BLEIBEN!

AOOOM

ALLES SCHWELGT IN DIESEM LIEBESGLÜCK.

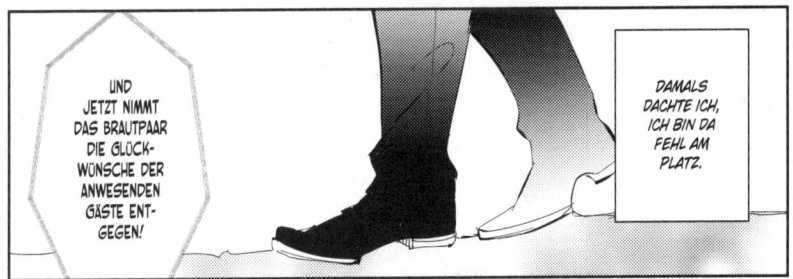

UND JETZT NIMMT DAS BRAUTPAAR DIE GLÜCK-WÜNSCHE DER ANWESENDEN GÄSTE ENT-GEGEN!

DAMALS DACHTE ICH, ICH BIN DA FEHL AM PLATZ.

ABER JETZT ...

DEN ANFANG MACHT EIN ARBEITS-KOLLEGE DES BRÄUTIGAMS!

BITTE SEHR, YOSHIRO KAMI!

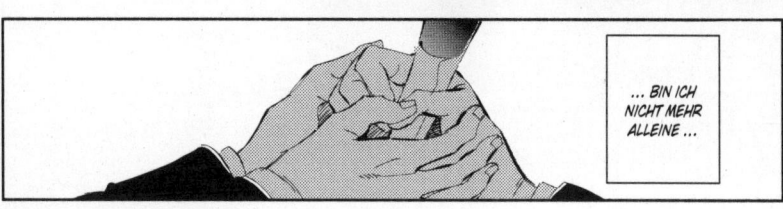

... BIN ICH NICHT MEHR ALLEINE ...

... UND SEHR GLÜCKLICH, DASS ICH HIER SEIN DARF.

DANKE.

DARF ICH MICH VOR-STELLEN? YOSHIRO MEIN NAME.

SEIT WIR UNS KENNEN, IST YUTO STETS UM MEIN WOHL BESORGT GEWESEN. ER IST EIN UNGLAUBLICH UMGÄNGLICHER UND LIEBER KOLLEGE.

GUTE UND SCHLECHTE TAGE GIBT ES ...

... WOHL BEI JEDEM MENSCHEN, AUCH BEI SINGLES.

... UND ICH GLAUBE DARAN, DASS ER DIE KRAFT BESITZT, SICH UND SEINE LIEBEN GLÜCKLICH ZU MACHEN.

ICH KENNE IHN ALS POSITIVEN UND AUF-RICHTIGEN MENSCHEN ...

... UND SICH SEINE FREUDE GEGENSEITIG ZEIGT, DANN IST MAN IN DER LAGE, GEMEINSAM ALLE HÜRDEN ZU ÜBERWINDEN.

ABER ICH GLAUBE, WENN MAN ALL DAS MIT EINEM GELIEBTEN PARTNER TEILT ...

... AN DEINE LIEBSTE WEITER.

GIB DAS GLÜCK, DAS DU JETZT GERADE SPÜRST ...

BLEIB, WIE DU BIST, UND GIB DEIN GLÜCK WEITER.

Willkommen zurück im Kühlschrank in der Mikrowelle!

UND ...

... AUS DEM DU, DAS DU WARST, WIRD EIN WIR, DAS IHR GEMEINSAM SEIN WERDET.

ICH WÜNSCHE EUCH ...

... EIN LEBEN LANG GLÜCK.

WIR RUHEN UNS LIEBER AUS, YUTO HAT EXTRA EIN ZIMMER FÜR UNS GEBUCHT!

KOMMT IHR AUCH ZUR AFTER-PARTY?

... die Party beginnen!

Jetzt kann ...

TSU-
YOSHI
...

DEINE REDE
WAR DER
HAMMER!

HEY!

YOSHIRO!

...
ABER
...

Ah ...

ENTSCHUL-
DIGE, DASS
ICH DICH FÜR
DIE REDE VOR-
GESCHLAGEN
HABE, ...

GRRR

Dein
Wachhund?

SHOGO?

WIE DU
EINEM
FREUND
ZUM JUN-
GEN GLÜCK
GRATU-
LIERST, ...

...
NACHDEM
DU ENDLICH
SELBST
DEIN GLÜCK
GEFUNDEN
HAST!

... ICH
WOLLTE ES
UNBEDINGT
SEHEN!

TSUYOSHI ...

DANKE!

IHR KONNTET WÄHREND DER FEIER JA SICHER NICHT RICHTIG ESSEN!

IN DIESEM SINNE ...

... DAS IST FÜR EUCH!

BISTRO

POFF

BISTRO

1208

ICH WÜNSCHE EUCH ALLES GUTE!

ALSO DANN!

160

UND ICH HAB VOR LAUTER AUFREGUNG NICHTS RUNTER-BEKOMMEN!

ALS MO-DERATOR KOMMT MAN EBEN NICHT ZUM ESSEN!

GRRLL

WAS?! DIE AUFREGUNG HAT MAN DIR ABER NULL ANGEMERKT!

KLIRR

SOGAR TORTE IST DABEI ...

Nimmt alles zurück.

TSUYOSHI IST EIN GUTER MENSCH.

WAS?

JA, WEIL DU BEI MIR WARST.

KANN ICH ... DIR MEIN GLÜCK ZEIGEN?

SPÜRST DU, WIE GLÜCKLICH ...

... ICH BIN?

SHOGO ...

FSCHOK

161

DASS MAN EIN LEBEN LANG ZU ESSEN HAT.

DASS MAN IMMER GUT KOCHEN KANN.

SST

...

JA, ICH SPÜRE ES.

MAN SAGT, DER ERSTE BISSEN VON DER TORTE HAT IMMER EINE BESONDERE BEDEUTUNG.

WAS?

WUSCH

ICH SPÜRE ES, UND WIE.

DEM ANDEREN DEN BISSEN IN DEN MUND ZU SCHIEBEN, IST EINE HANDLUNG DER LIEBE.

DASS DU DIR ÜBERHAUPT GEDANKEN DA-RÜBER MACHST, HEISST, DASS ICH ES DIR NOCH NICHT GENUG ZEIGEN KONNTE.

ES KLINGT KOMISCH, ABER ...

... ICH HABE DABEI GEDACHT, DASS ICH JEDEN TAG DIESEN ERSTEN BISSEN VON DIR BEKOMME, YOSHIRO.

ALSO
...

AAAH
...

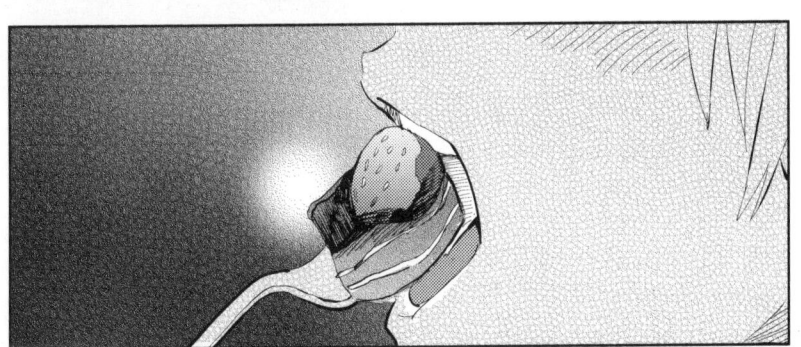

WUPP

TSlk

JETZT DU ...

Lecker ...

ICH SPÜRE ES AUCH. SEHR!

RBB

ICH KANN NICHT MEHR WARTEN.

KANN ICH
NICHT EINFACH
DICH VER-
NASCHEN?

PLUMPS

HAH

HAH

ICH ...
WÜRDE GERNE
KOMMEN, WENN DU
IN MIR BIST,
SHOGO ...

WARTE
...

T... TUT
MIR LEID,
ICH HAB DIR
IN DEN MUND
...

LASS MICH
AUCH ...

DIESER VER-DAMMTE YUTO ...

ABER SAG MAL, WARUM HAST DU DENN SOLCHE AUGENRINGE, TAGUCHI?

NICHTS ...

WAS IST MIT DIR LOS, YOSHIRO?

DER TAG GESTERN HAT ENERGIE GEKOSTET!

WAS GIBT'S DA ZU LACHEN?!

WENN ICH DEN ERWISCHE, KANN ER WAS ERLEBEN!

WA HA HA!

ER HAT UNS EIN ZIMMER MIT DOPPELBETT GEBUCHT!

Das war garantiert Absicht!

Wah, wie man das wohl macht?

... ist mega-lecker!

Oh, das da

HÖRT IHR MIR ZU?!

HA HA

Unsere erste gemein-same Reise!

Bevor wir nach Hause fahren, müssen wir unbedingt noch Ramen essen!

Ach ja, UKIE hätte gerne ein Mitbringsel von uns!

Aber doch nicht hier ...

Aääh!

Aäah!

Schaffen wir das zeitlich?

ENDE

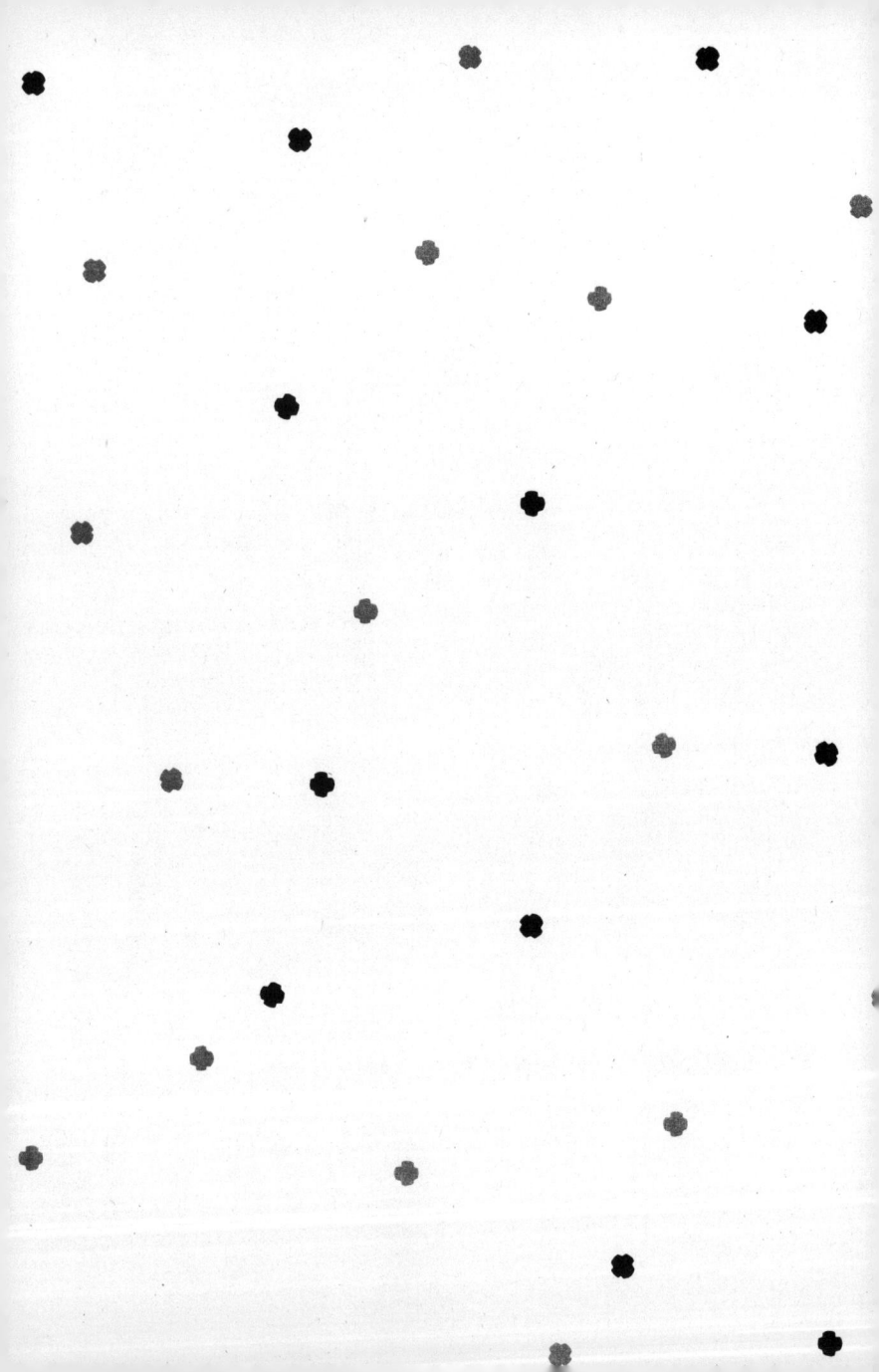

ICH ... HABE
TSUYOSHI
GELIEBT.

NACH DER
HOCHZEITS-
FEIER VON
TSUYOSHI!
...

... IN RUHE
LASSEN UND
GEHEN SOLLEN.

ICH HAB MIR
OFT GEDACHT,
ICH HÄTTE
YOSHIRO
EINFACH ...

TAGUCHIS GESTÄNDNIS

DU WARST
DOCH ERST SO
WILD AUF DIE
AFTER-PARTY,
ABER DANN
HAST DU NUR
DEPRIMIERT
RUMGESESSEN.

...

DANN WÄRE MIR
DAS ALLES BE-
STIMMT ERSPART
GEBLIEBEN.

SO WIE YOSHIRO FRÜHER ...

STIMMT JA, DU STEHST EHER AUF ÄLTERE WITWEN.

DIE WAREN MIR DANN DOCH ALLE ZU JUNG UND ZU FLATTERHAFT.

ACH, IRGENDWIE HATTE ICH KEINEN BOCK MEHR.

DU WIDERSPRICHST JA GAR NICHT.

HM?

...

ICH WEISS AUCH NICHT.

TJA ...

... WENN ES SO WÄRE?

WO IST DENN DAS PROBLEM, ...

WUPP

WUPP

DA IST ES DOCH BESSER, WENN DIE LAGE GEKLÄRT IST, ODER?

WIR WERDEN NOCH LÄNGER MITEINANDER ZU TUN HABEN.

«DIE LAGE IST ...

... GE-KLÄRT?"

PEEP

EITA ...

ER IST WIE IMMER.

Gehen wir noch in den Kiosk!

KVAAAK

ÄH, HAST DU DA EBEN ..

DIE LAGE GEKLÄRT?

SO, DANN GEHEN WIR MAL, HM?

WENN YUTO SCHON EXTRA EIN ZIMMER FÜR UNS GEBUCHT HAT, DANN TRINKEN WIR DOCH DORT NOCH WAS.

Wär das eben real?

KVACK

HÄTTE ICH DAS ...

... DAMALS ZU YOSHIRO NUR AUCH SO GESAGT.

OH ... NUR EIN BETT.

ICH HAB DIR EBEN ERST GEBEICHTET, DASS ICH VIELLEICHT AUF MÄNNER STEHE!

NEE, MOMENT, DAS IST WAS ANDERES!

WIR FRAGEN NACH EINEM ANDEREN ZIMMER!

HAT YUTO UNS ETWA MIT YOSHIRO UND SHOGO VERWECH-SELT?

NA, SO WAS!

QUATSCH, NEIN!

WAS?! DU MEINST, DU KÖNNTEST AUF MICH STEHEN?

sei doch nicht so entspannt!

HAST DU KEINE PANIK, ICH KÖNNTE ÜBER DICH HERFALLEN?!

IST DOCH AUCH NICHT ANDERS, ALS WENN ICH NACH EINEM SAUFABEND BEI DIR PENNE.

ACH, KOMM. DIE EINE NACHT.

...

ICH HAB DICH DOCH VORHIN TESTWEISE GEKÜSST UND DAS WAR AUCH VÖLLIG OKAY.

UND SOLLTEST DU WIRKLICH DIE KONTROLLE VERLIEREN, KANN ICH MICH SCHON WEHREN.

ICH SAGTE DOCH, ICH SEHE DA KEIN PROBLEM.

NA JA, ALS ICH DICH SO VERLETZLICH SAH, DACHTE ICH, VIELLEICHT IST ES BEI MIR JA GENAUSO.

GEKÜSS...

NICHT DEIN ERNST ...

ICH BIN SO JEMAND, DER SOFORT KLARHEIT HABEN WILL, WENN IHN WAS UMTREIBT.

WIESO ...

MOMENT ...

DU ...

WAS SOLL MAN DENN SONST MACHEN?

V... VERGISS ES! WAS SOLL DAS DENN JETZT?!

ICH MUSS MAL MIT YOSHIRO REDEN.

HIER, KRIEGST DAS DAFÜR.

TAUSCH MAL DEN PLATZ MIT MIR.

ABER NUR, BIS ICH AUFGEGESSEN HABE!

... DASS ICH DIR IN DEINEN SCHWEREN ZEITEN NICHT BEIGESTANDEN UND STATTDESSEN SO VIELE GEMEINHEITEN ZU DIR GESAGT HABE!

ES KOMMT VIEL ZU SPÄT, ABER ES TUT MIR LEID, ...

WUPP

DU WILLST MIT MIR REDEN?

...

ENDE

Das ist mein vierter Manga-Band für den japanischen Libre-Verlag. Ich freue mich, meine Leser aus Band 1 von „Der Geschmack von Glück" hier wiederzusehen! Und ich bedanke mich bei den Lesern und Leserinnen, die mit Band 2 das erste meiner Werke in der Hand halten.

Bereits 2016 habe ich den Epilog „Der erste Bissen" [First Bite] als Einzelband gezeichnet. Yoshiro begleitet mich also schon seit mehr als vier Jahren, am längsten von allen Figuren in meiner BL-Schaffensgeschichte. Wahnsinn! Ich empfinde große Freude dabei, Charaktere aus einer bereits abgeschlossen geglaubten Phase meines Schaffens weiterentwickeln zu können, und für mich persönlich ist es wirklich ein Vergnügen, diese lieb gewonnenen Figuren noch mal zu zeichnen.

Das fünfte Kapitel in diesem Band, das Special, ist als Erwiderung auf die Story „Der erste Bissen" gedacht. Ich denke, ich habe damit die Geschichte von Yoshiro, die vor vier Jahren begann, zu einem guten Abschluss gebracht. Ich bin voller Glücksgefühle, dass ich die Story noch mal aufnehmen durfte.

Das habe ich alles euch, meinen treuen Lesern, zu verdanken. Vielen, vielen Dank! (Ich hoffe, auch dieser Band hat euch gefallen ...)
Ich bedanke mich außerdem sehr bei meinem Redakteur, der immer für mich da war, beim Designer Shima und seiner wirklich wundervollen Gestaltung, und bei allen, die sonst noch an diesem Manga beteiligt waren!

KAKINE, März 2020

Der Geschmack ❀ von Glück ❀

libre

REN-CHIN! 2 © KAKINE / libre 2020
Original Cover Design: MIYA SHIMA / SILO

First published in Japan in 2020 by Libre Inc.,Tokyo.
German translation rights arranged with Libre Inc., Tokyo
through Tuttle-Mori Agency, Inc., Tokyo.

Deutschsprachige Ausgabe / German Edition
© 2022 Crunchyroll SA
CH-1007 Lausanne

Verlegt unter dem Label KAZÉ MANGA
durch Crunchyroll SA

Aus dem Japanischen von Dorothea Überall

Redaktion: Christin Tewes

Herstellung: Sonja Lesch

Lettering: Studio CHARON

Druck und Bindung: GGP Media GmbH, Pößneck

ISBN 978-2-88951-467-0